D0923886

Para don Luis Leal,
con los mejores deseos
de, Marttha Cerda

Oct. 1996

CUARTO CRECIENTE

JOAQUÍN MORTIZ • MÉXICO

MARTHA CERDA

Y apenas era miércoles

Primera edición, abril de 1993
© Martha Cerda, 1993
D.R. © Editorial Joaquín Mortiz, S.A. de C.V.
Grupo Editorial Planeta
Insurgentes Sur 1162-3o., Col. del Valle
Deleg. Benito Juárez, 03100, D. F.

ISBN 968-27-0573-8

Portada: Lucía Maya

La historia era increíble, en efecto, pero se impuso a todos porque sustancialmente era cierta. Verdadero era el tono de Emma Zunz, verdadero el pudor, verdadero el odio. Verdadero era también el ultraje que había padecido; sólo eran falsas las circunstancias, la hora y uno o dos nombres propios.

JORGE LUIS BORGES, "Emma Zunz"

Ese miércoles, como todos los miércoles, amanecimos sin sospechar nada. A las seis de la mañana despertaron en Guadalajara Ramón y Jesús, Carmen y Alejandro, Rosa, Amalia, y Rafael. Enrique, Guillermo y Carlos hicieron lo mismo, a la misma hora del mismo día, aunque en diferentes ciudades.

Ramón y Jesús, cada uno en su cama, echaron un vistazo al reloj y volvieron a dormirse. Los dos se habían desvelado. Ramón, en la fiesta de quince años de su ahijada Lupita; Jesús, con Rosaura, su amante, quien le exigía que hicieran el amor dos veces cada noche.

Entre sueños, Jesús advirtió que estaba en el departamento, no en su casa y, junto a él, Rosaura dormida en medio de la cama, desnuda y con un preservativo entre las manos. Jesús no tuvo ganas de enojarse, como otras ocasiones, por amanecer con una pierna debajo del colchón, destapado y sin almohada. Estaba acostumbrado. Ese era el territorio de Rosaura y ella lo ocupaba por completo. Tampoco pensó en su mujer, que estaría esperándolo; ni en la oficina, donde Ramón le había dejado un aviso la tarde anterior. Simplemente cerró los ojos y se quedó dormido, soñando con las piernas de Rosaura, un poco largas para él; en Guillermo, su jefe, con el que iría a la presa de la Zurda unas horas más tarde; en Rosaura, cuyos pies no parecían corresponder a sus piernas, por pequeños; en el SIAPA, que muy pocos sabían lo que significaba: Sistema Intermunicipal de Agua Potable y Alcantarillado; en Rosaura, que usaba tan bien los pies...

⚓

Carmen y Alejandro sí se levantaron. Tenían que arreglarse para ir a sus respectivos trabajos. Ella en una estación de radio y él en el hospital militar. Entraron al baño juntos, como cada mañana, desde que se casaron tres meses atrás.

Carmen empezó a lavarse el pelo. Tenía los ojos cerrados cuando sintió la mano de Alejandro. Ella siguió dándose champú, mientras él le jabonaba el cuello, los senos, el vientre. Ella, sin abrir los ojos, bajó las manos llenas de espuma a la altura de su pubis y comenzó a frotar la carne caliente y dura de Alejandro. El agua caía sobre ellos, resbalaba por sus piernas y se fugaba por el escurridero haciendo piruetas. Las manos subían y bajaban tan lentamente como ellos descendían. Luego todo se precipitó. Cuando ella abrió por fin los ojos estaba acostada en el piso lleno de jabón, concibiendo un hijo de Alejandro. Su único novio, su primer hombre, su compañero para toda la vida, aunque le dijeran cursi, pensó Carmen sin desprenderse de Alejandro. Los dos se quedaron en la misma posición hasta que el agua de la regadera salió fría.

Desde las seis de la mañana Rosa y Amalia aguardaban las campanadas para misa de siete del templo de San Sebastián de Analco. Al oír la primera dieron gracias a Dios de no tener que seguir dando vueltas en la cama. La noche les parecía interminable y el día también. Esperaban con la misma ansiedad la misa de siete que el rosario de las ocho, principio y fin de su jornada. Las trece horas intermedias las empleaban en preparar la comida, ir al mandado, lavar, planchar y tejer; casi sin hablarse.

Rosa cumpliría setenta años el 1º de mayo, Amalia acababa de cumplir setenta y uno el 5 de febrero y cada año se aferraba más a la casa del barrio de Analco donde sus padres las habían criado. De los vecinos de entonces unos ya estaban muertos, otros eran abuelos. Sólo ellas seguían solteras y exigían a los nuevos chiquillos que les llamaran las señoritas Orozco. "Cuando como no conozco", completaban ellos, confirmando la fama de las hermanas de no darle de beber agua ni al gallo de la pasión, aunque fuera público que prestaban con el diez. A las seis cincuenta y nueve entraron al templo cubiertas con un chal que les tapaba media cara; tomaron agua bendita de la pila, se persignaron y se hincaron una junto a otra mirando hacia lados opuestos, en espera de la última campanada.

~~~※~~~

Rafael se había quedado dormido a las cuatro de la mañana con el uniforme puesto. A las seis despertó gritando: ¿ya lo encontraron? ¿A quién?, le contestó su mujer. Y él, corriendo a la puerta, respondió: al gobernador. La mujer quiso alcanzarlo con una taza de café, pero Rafael ya se había subido a su camioneta sin despedirse. La mujer se tomó el café en la cocina y se dispuso a pasar otro día sola. El anterior apenas habló con Rafael. Cuando éste llegó le dijo que habían estado buscando al gobernador para reportarle una fuga de gasolina en las calles de Gante, Veinte de Noviembre, Aldama y otras. En los años que tenía de ser jefe de bomberos nunca lo vio tan nervioso. Lo bueno era que ya pronto se jubilaría y dejaría de andar en peligro. Aunque en realidad ese era un trabajo como cualquiera. Que ella recordara nunca murió un bombero en servicio desde que su marido estaba en ese puesto. De todas formas, ella hubiera preferido casarse con un comerciante que entrara a trabajar a las nueve de la mañana, saliera a comer a las dos de la tarde, volviera al trabajo a las cuatro y regresara por la noche a su casa, a las ocho, como toda la gente en Guadalajara. Pero con su marido nunca se sabía.

A las seis de la mañana Enrique despertó con el timbre del teléfono. Chingado, dijo entre sueños, ¿ahora qué querrán? Su secretario contestó: Enseguida le paso el recado. Pero no se lo pasó. Tenía órdenes del alcalde de no molestarlo por lo menos hasta las nueve de la mañana. Y así lo hizo.

El secretario se arregló con calma, fue a desayunar, dispuso la agenda del alcalde Enrique y, viendo que aún faltaba una hora para las nueve, se puso a leer un cuento de la familia Burrón.

Su jefe se encontraba disfrutando de unas merecidas vacaciones después de haber iniciado su período al frente del ayuntamiento tapatío, veintidós días antes. La campaña había sido agotadora: desayunos, comidas, cenas, entrevistas, fotografías y algunas giras por los barrios de la ciudad. Precisamente esos de los que hablaba el que llamó por teléfono. Y más comidas y regalos, muchos regalos, antes y después del nombramiento oficial. Él era su secretario particular, hombre de todas sus confianzas. Todas. La discreción lo caracterizaba, por eso dijo que el alcalde se estaba bañando, en lugar de decir la verdad: que estaba curándose la cruda, en una de las suites más lujosas de Puerto Vallarta.

Guillermo se levantó a las seis, con el tiempo justo para llegar al aeropuerto. Saldría de la ciudad de México en el vuelo número cien de una compañía comercial con destino a Guadalajara. Es decir, el de las ocho de la mañana, que llega a las ocho cincuenta. Viajaba como un ciudadano común y corriente que había ido a la capital a visitar a Lena, su querida. Con la que sin embargo no se casaba, a pesar de la muerte de su esposa; la novia de su juventud y la madre de sus hijos. Estaba harto de los reclamos de Lena, lo que significaba que ella iba perdiendo el fuero. Cuando terminara su periodo, en tres años más, se casaría con Rosina, la media hermana de Rubén. Sería una unión bastante provechosa para los dos. Él y Rubén, naturalmente. O quizá lo hiciera antes, siendo aún gobernador, para quitarse de encima a Lena. Pendeja, creyó que iba a legalizar su unión con ella. Si no fuera porque sabía tantas cosas ya la hubiera dejado, pero que no quisiera pasarse de lista porque...

Lo interrumpió uno de sus guaruras, con el servilismo de siempre, adelantándose a abrirle la portezuela del coche. Estaba otra vez en Guadalajara, volvía a la rutina de diario. En esta vida todo cansa, aunque hay de cansancios a cansancios. Unos cuantos años más y se dedicaría a hacer lo que le viniera en gana. A no ser que le tirara a la presidencia de la república, o a una secretaría... Por lo pronto aún le quedaba mucho qué hacer, y ahora con su ahijado en la presidencia municipal no iba a haber quien los detuviera, pensaba Guillermo.

Carlos también fue interrumpido por uno de sus guaruras quien, con el servilismo de siempre, se adelantó a abrirle la portezuela del coche. Eran las siete de la mañana y ya estaba listo para empezar su jornada. Ese día iba a ir al puerto de Veracruz donde supervisaría unas obras, inauguraría otras, se reuniría con éstos y aquéllos, sin dejar de pensar en el asunto que lo mantenía inquieto: si lograba la concertación del Tratado de Libre Comercio entre México, Estados Unidos y Canadá, pasaría a la historia, a pesar del descontento del pueblo. Tarde o temprano se lo agradecerían. Pero mientras tanto México necesitaba tener una imagen respetable en el exterior. Se había logrado algo con la concesión del premio Nobel de Literatura a Octavio Paz y con el triunfo de Lupita Jones como Miss Universo. Eran dos goles seguidos que consiguieron que la comunidad internacional fijara su atención en México por unos minutos. Ahora Carlos quería retener esa atención a través de la Expo Mundial de Sevilla, donde el pabellón mexicano parecía ser un atractivo. Tenía que convencer al mundo entero de que México era un país confiable, donde las mujeres eran hermosas y los hombres inteligentes y progresistas, para que se animaran a invertir en él los extranjeros. La era del comunismo había pasado y con ella la pobreza y la ignorancia. Si todo marchaba bien, hasta podría contar con el apoyo del Congreso para enmendar la constitución, cambiando el lema revolucionario de: "Sufragio efectivo. No reelección", por el de: "Sufragio efectivo no. Reelección".

——◦——

A las ocho de la mañana del miércoles 22, Ramón abrió los ojos de nuevo y se deslumbró con la luz del sol. ¿Quién recorrió la cortina?, gritó al sentir una punzada en la cabeza. Ya son las ocho, dijo su mujer, llevándole el periódico a la cama. Ramón recordó la fiesta de la noche anterior y maldijo a su compadre por el vino barato que les sirvió. Recordó también lo buena que estaba su comadre con ese vestido escotado que se le veía tan bien... Él no desaprovechó la oportunidad de mirar hasta el fondo, en una de esas agachadas que se daba la comadre dizque a recoger algo. Y por último Ramón recordó que le habían pasado un reporte de una fuga de gasolina en la colonia Atlas, o por ahí. Ordenó que midieran con los explosímetros el riesgo: cien por ciento, le dijeron. Entonces abran las alcantarillas y las llaves del agua para que se laven las tuberías, volvió a ordenar. Y ahí estaba en el periódico la nota: "Peritos de Pemex acudieron ayer, ante la queja de algunos vecinos de la zona oriente de la ciudad de que olía a gasolina, a revisar los colectores; conjurando un posible siniestro como el ocurrido hace nueve años en la colonia Independencia".

Ramón sintió ganas de vomitar y tiró el periódico al suelo a las ocho y veinte de la mañana, para correr al baño. Si hubiera ido a revisar yo mismo esa fuga, en lugar de irme a la fiesta, no me habría pasado esto, refunfuñó Ramón.

Rosaura se estiró, abrió un ojo y luego el otro, antes de soltar la primera carcajada de ese día. Eran las ocho y media de la mañana y Jesús ya no estaba. Ella tenía más de doce horas para prepararse. Él llegaba a las diez de la noche, cuando llegaba, pensó, levantando la pierna derecha y observando las uñas de sus pies, pintadas de rojo, como a él le gustaban. Era raro que Jesús tuviera aquella predilección por los pies. Tenía que hacerse *pedicure* cada semana, por lo menos, se dijo, lanzando el preservativo al bote de la basura. El preservativo cayó fuera y ella soltó la segunda carcajada. Como basquetbolista se hubiera muerto de hambre. Y a propósito de hambre, ya era hora de que le trajeran el desayuno a la cama. Se puso una bata transparente y le gritó a Pepe, su ayudante, a quien le decían pepenado porque lo habían conseguido después de buscar aquí y allá entre la basura, decía ella. Pepe entró con una charola que puso sobre la cama. Rosaura cruzó las piernas con deliberación para avergonzar a Pepe, quien no se atrevió a mirarla. No soportaba a las mujeres, de ahí que fuera considerado tan seguro por Jesús para desempeñar ese puesto. Rosaura le pidió a Pepe que recogiera el preservativo y, antes de que él saliera, emitió la tercera carcajada.

A Jesús le gustaba que ella le colocara el preservativo. La última vez que hicieron el amor, a las cinco de la mañana de ese mismo día, Rosaura no alcanzó a ponérselo, por eso se quedó dormida con él entre las manos, completamente satisfecha.

Después de desayunar, Rosaura llamó a Pepe para que le diera un masaje y le preparara el baño.

Carmen y Alejandro se demoraron más que de costumbre en el baño. Parecían no querer terminar nunca de secarse, de vestirse uno al otro. Él, ocultando con codicia la femineidad de Carmen entre aquellos encajes. Ella, tratando de proteger la masculinidad de él, con la trusa que se negaba a aprisionarlo. Los minutos se tropezaban en el reloj sin querer marcar las ocho horas para no separar a los amantes; pero las manecillas, insensibles, se detuvieron con exactitud en el número ocho y en el doce, y luego continuaron girando inexorablemente. Carmen y Alejandro avanzaron con torpeza entre los segundos que les quedaban antes de despedirse. Lo hacían con una V de la victoria, que también significaba vida. Habían prometido no decir jamás adiós, aunque sintieran desprenderse de sí mismos cuando sus cuerpos se alejaban, se perdían de vista... Pero esta vez Carmen no iba sola, llevaba con ella al hijo de ambos.

Con un pantalón rojo y una blusa azul y roja, Carmen se estacionó en la avenida México, frente a la estación de radio, a las ocho cuarenta y cinco de la mañana. Alejandro iba subiendo las escaleras del hospital a las ocho cincuenta. Eran unas escaleras amplias y brillantes que lo conducirían al éxito, pensaba Alejandro, y apresuró el paso para llegar cuanto antes.

⟨⟨⟨

Rosa y Amalia regresaron de misa a las nueve de la mañana del miércoles 22, después de comulgar, rezar la novena de San Francisco, y comprar, en el puesto de siempre, un pedazo de calabaza achicalada y otro de camote enmielado. Al llegar a su casa se pelearían, igual que siempre, por la calabaza o el camote. ¿Por qué no me dijiste para comprarte a ti?, se gritaban una a la otra alternándose cada día. Ése tocaba a Rosa hacer la comida y, como siempre, haría tortas de calabaza y picadillo, que era lo que Amalia más detestaba. Luego tejerían hasta la hora del rosario. Cuando volvieran del templo taparían los canarios y regarían el patio. Para tener tiempo de sacar cuentas antes de acostarse necesitaban darse prisa con la cena, que consistiría en pan dulce y café con leche. Rosa ya saboreaba la concha que le había encargado al panadero para remojarla en el café.

Generalmente no veían televisión, pero ese miércoles Amalia estaba dispuesta a hacer renegar a su hermana más que de costumbre. Setenta años de soportarla, de disimular sus inclinaciones ante aquella beata, la hacían odiarla; pero, simultáneamente, no podía vivir sin ella. La mejor forma de hacerla renegar era sentándose frente a Rosa, sin hacer nada, mientras ella cocinaba. A las nueve y media Amalia encendió la televisión, a sabiendas de que Rosa haría el mayor ruido posible en la cocina para molestarla. Por eso Amalia elevó el volumen al máximo y no escuchó cuando Rosa dijo: Me estoy mareando con este olor a gasolina. Ni cuando se cayó al suelo y ya no dijo nada.

Rafael se reprochó el haberse dejado vencer por el sueño. La noche del martes revisó, en compañía de sus hombres, una amplia zona comprendida entre las calles de Gante y Veinte de Noviembre, hasta la colonia Atlas, en busca de una fuga de combustible, sin encontrarla. No había tiempo que perder, los vecinos tenían tres días quejándose de un fuerte olor a gasolina. Cerca de ahí se encontraban una planta de Pemex y algunas fábricas. Al lugar acudieron reporteros de los periódicos *El Informador* y *Siglo XXI*. Los peritos de Pemex declararon que todo estaba bajo control, y Rafael sintió rabia. No sabía bien a bien qué estaba pasando, pero si él fuera el gobernador ordenaría que evacuaran la zona. Por desgracia no lo era y, hasta el momento en que salió de su casa, no tenía noticias del gobernador ni del alcalde. ¿Quién diablos iba a hacerse cargo del problema? Rafael se encaminó directamente a la zona afectada, donde las familias comenzaban a levantarse. Llegó a las siete de la mañana e inmediatamente continuó las mediciones: cien por ciento de explosividad. El destape de las alcantarillas no había servido, mandaría agua a presión para que arrastrara la gasolina, pero, ¿hacia dónde? La inclinación natural llevaría el agua, mezclada con gasolina, hasta el centro de la ciudad. ¿Dónde carajos andaban los méndigos de Pemex? Ellos conocían ya el problema y podrían ayudar a solucionarlo.

De pregunta en pregunta dieron las nueve de la mañana. Lecherías, carnicerías, panaderías, tiendas de abarrotes, refaccionarias, puestos de comida, farmacias, y estéticas unisex, iniciaban sus actividades. La gente pasaba junto a Rafael, saludándolo. Su presencia les infundía confianza. Guadalajara, la segunda ciudad de la República, era un lugar seguro para vivir.

Enrique había amasado una fortuna y avanzaba en su carrera política con paso firme. Cuando Guillermo, su padrino, ocupó el poder ejecutivo del Estado de Jalisco, se vino con él, de la ciudad de México, a Guadalajara, trayéndose a un séquito de amigos de la capital que esperaban favores del nuevo mandatario. Tuvieron que esperar tres años. Enrique empezaría a concedérselos en virtud de su nuevo cargo, para que estuvieran contentos, para que le fueran fieles, para recompensarlos por su paciencia.

El momento había llegado también para la colonia libanesa que le dio su apoyo a Enrique confiando en que, bajo su administración, habría oportunidades para todos los paisanos.

Enrique tenía por delante tres años para consolidar sus proyectos. A corto plazo, el más importante era el del tren ligero que estaba siendo construido por una empresa propiedad de Guillermo y suya. A largo plazo, su meta era la gubernatura. Pero a las diez de la mañana del miércoles 22, y en Puerto Vallarta, Enrique no recordaba nada de eso, ni imaginaba lo que estaba sucediendo en Guadalajara, ni lo que sucedería después de esa hora, de esa mañana, de ese día, de ese mes, de ese año, de ese siglo, de ese milenio, de esa Era...

Guillermo arribó a Guadalajara a las nueve de la mañana. Lo esperaban en el aeropuerto su chofer, sus guaruras y su secretario, quien ya había leído los periódicos matutinos. En el trayecto a su domicilio Guillermo fue informado de la situación general de la entidad y, en particular, de la capital del Estado. Todo era satisfactorio, tan satisfactorio que podía resumirse en dos palabras: sin novedad. Bueno, una que era positiva: se había controlado una fuga de combustible el día anterior. Nada importante, desde luego. ¿Está listo el viaje a Sevilla para la próxima semana?, preguntó Guillermo. Iría al frente de una delegación de políticos, empresarios e intelectuales tapatíos, a la exposición mundial de Sevilla. Sí, señor, contestó el secretario. Guillermo imaginó el recibimiento que le haría el rey de España, en correspondencia a las atenciones que tuvo con él en Guadalajara cuando asistió a la Primera Cumbre Iberoamericana, junto a los jefes de Estado de Latinoamérica. Él, Guillermo, un muchacho del barrio de la Capilla, codeándose con reyes y presidentes. Cuando fue electo los reporteros le preguntaron si había sido largo el camino para llegar donde estaba. "No, sólo catorce cuadras". De la Capilla de Jesús a Palacio de Gobierno eran catorce cuadras. Más o menos la misma distancia que había de Palacio de Gobierno a las calles de Gigantes y Veinte de Noviembre, que en esos momentos todavía no explotaban.

En Veracruz, Carlos echó una ojeada a un mapa de la república y se sintió insignificante. No era más que un punto dentro de aquel otro punto que era la ciudad de Veracruz. Sin embargo, lo que él hiciera o dijera ese día iba a publicarse en todos los diarios del país y se repetiría por radio y televisión. Era difícil guardar el equilibrio entre esas dos realidades. ¿Si tomara el mapa y le prendiera fuego, ardería él también? En eso consiste precisamente el poder, pensó Carlos, en jugar con fuego y no quemarse. Él había sido educado para ello, a diferencia de los políticos viejos. ¿Cuántos quedaban aún de aquéllos? Carlos echó otra rápida ojeada al mapa y sacó la cuenta mentalmente. En cualquier momento podía saltar la chispa en el territorio mexicano que acabara con más de un político de la vieja guardia, continuó pensando Carlos a las diez de la mañana del miércoles 22 en Veracruz, Veracruz, donde se encontraba rodeado de colaboradores que a su vez pensaban en que Carlos ya iba a la mitad del camino y tenía que darse prisa si no quería que le pisara los talones su sucesor. Que podría ser yo, se decía cada uno.

Ramón descargó el estómago en el excusado y jaló la manivela del tanque del agua. El excusado descargó su contenido en el drenaje y éste en el colector. Después Ramón le gritó a su mujer: ¿Ya tienes listos los chilaquiles o piensas mandarme en ayunas?, descargando en ella la resaca de la borrachera del día anterior. La mujer le gritó a la criada, para descargar su despecho, y la sirvienta le echó un escupitajo a los chilaquiles para descargar su resentimiento contra la patrona. Ramón acababa de sentarse a desayunar cuando timbró el teléfono. ¿Cómo?, gritó, y aventó los chilaquiles al suelo. Pendejos, ¿no hicieron lo que les dije?... ¿con todo y las alcantarillas abiertas?... Ah carajo, entonces la cosa está grave. Tapen el poliducto para que no lleguen las detonaciones a la planta si no quieren que se los lleve la chingada. Y ni una declaración, ¿me entienden?

Estos pendejos ya hicieron otra chingadera, le dijo Ramón a su mujer, que estaba desayunando un huevo tibio porque había visto a la sirvienta escupir los chilaquiles. ¿Sí?, dijo ella sin inmutarse. Ramón salió dando un portazo para terminar de descargar su conciencia y ella se quedó riéndose.

⸺⸺⸺

Jesús estaba en el aeropuerto privado esperando a Guillermo. Faltaban cinco minutos para las diez, según Guillermo, cuando Jesús le dijo, antes de salir hacia la presa de la Zurda, lo que Ramón le había reportado la tarde anterior acerca de la fuga de gasolina. Según Jesús, cuando se lo dijo eran las nueve y media de la mañana del día 22 de abril de 1992. A quinientos años de distancia del descubrimiento de América; a cuatrocientos cincuenta de la fundación de Guadalajara; a cuatro horas de haber hecho el amor con Rosaura; y a poco menos de una hora de que tuviera lugar la primera explosión. O sea, a tiempo todavía de haber evacuado la zona. Aún no terminaba Jesús de pensar esto, cuando recibieron la noticia de la primera explosión. Guillermo y Jesús se miraron uno al otro; ambos traían chamarra de piel. Unos minutos después la voz del otro extremo del radio dijo que se había registrado una nueva explosión en... Los dos volvieron a mirarse: ambos tenían restos de la desvelada de la noche anterior. La voz siguió transmitiendo y finalmente pidió instrucciones. Jesús y Guillermo se miraron por tercera vez y no dijeron "qué bien joden", pero lo pensaron. ¿No pueden hacerse cargo de la situación?, para eso están. Todo tiene que resolverlo uno, es el colmo, vamos a ver de qué se trata, dijeron al unísono.

Carmen subió los escalones hacia su oficina, de dos en dos. Se preparaba un café cuando entró Ana María y se quedó mirándola: ¿Otra vez?, le preguntó. Carmen se jaló la blusa, se revisó el pantalón, y contestó: ¿Se me nota? Claro, mujer, la pasión te escurre por los poros, me estás dando una envidia..., dijo Ana María. Cómo eres, me asustaste, creí que traía la blusa desabrochada o algo peor. Ay chiquita, un día de estos se te olvida vestirte. Quién fuera tú. La verdad, no sé por qué sigues trabajando, siguió diciendo Ana María. Necesitamos de mi sueldo para pagar las mensualidades del departamento, pero aparte, me gusta. Me encantaría ser corresponsal en un país en guerra o en un lugar donde sucedieran cosas excitantes. Aquí no pasa nunca nada, aparte de las tormentas que tumban árboles de vez en cuando. ¿Y qué me dices de los narcos y los asaltabancos?, hay que darle gracias a Dios de no tener además guerras, golpes de estado, terremotos y cosas por el estilo, ¿no crees?, volvió a preguntar Ana María. Y sobre todo, Alejandro no te iba a dejar tan fácilmente, así que ni estés soñando. Pues sí, ni modo, me conformaré con entrevistar a los turistas. Hoy saldré a recorrer las calles en busca de noticias. Ayer la ciudad estaba muerta, todo mundo anda de vacaciones. Tú búscale, no faltará. Mantennos informados y cuídate, no vaya a reclamarnos Alejandro, terminó de decir Ana María.

Carmen revisó de nuevo su blusa y su pantalón y, antes de salir, se puso un poco de polvo para matar el rubor de sus mejillas.

A pesar del volumen Amalia se quedó dormida frente al televisor. Cuando despertó no oyó ruido en la cocina. "Ésta Rosa", pensó, "ha de haber ido al patio por algo para entretenerse más. Parece chiquilla y de eso se aprovechan los sobrinos para meterle esas ideas de comprar otra casa. No saben lo que ésta vale. En cada muro hay más oro del que puedan contar. Pero van a tener que sudarle para sacarlo". Güevones, mientras yo exista no han de vivir de mi dinero, dijo Amalia en voz alta para que Rosa la oyera. Amalia esperó otro minuto en el que sacó cuentas de lo que le debían sus deudores: Trescientos millones de pesos. Primero me zurro en ellos que dárselos a esos maricas, volvió a decir Amalia, levantándose del sillón y dirigiéndose a la cocina para sorprender a Rosa.

De niñas jugaban a las escondidas y Rosa siempre ganaba. También ganaba en los concursos para reina de la primavera. Mira, decían las amistades de la familia, es güerita de ojos azules. Amalia, en cambio, era la inteligente. Nada de salir de virgen en las posadas, ni de menina en las bodas, como su hermana. Gracias a eso se convirtió en el brazo derecho de su padre antes de cumplir los veinte años. Y, cuando él murió, Amalia quedó en su lugar. "Si hubiéramos tenido un varoncito...", suspiraba su madre. Y Amalia se arrepentía por haber nacido demasiado débil para ser hombre y demasiado fea para ser mujer. Lo segundo no podía remediarlo, lo primero sí. Comenzó por ordenarle a Rosa que terminara su noviazgo dos días antes de que la pidieran, para demostrar que la belleza no era lo mismo que la fuerza. Enseguida Amalia se propuso que Rosa no perdiera la inocencia, ni tuviera secretos, como ella. Para evitar cualquier posible enamoramiento de su hermana en el futuro, Amalia le permitió adoptar un gato, que fue el escándalo de la familia cuando tuvo crías. Rosa no dijo nada, pero nunca volvió a ser la de antes desde que Amalia mató a los gatitos y castró a la gata. La misma gata que le saltó encima cuando Amalia entró a la cocina y vio a Rosa tirada en el suelo ese miércoles 22 de abril de 1992, a las diez de la mañana. Un minuto antes de que una explosión matara a Amalia.

Rafael sintió que le estallaban los oídos, el cráneo, y los ojos, cuando estallaron los gritos, los cristales y las tuberías. Luego sintió hundirse el piso y el silencio se apoderó de su mente. ¿Qué había sucedido con las casas, los automóviles, y las personas que estaban ahí hacía un segundo? Rafael corrió, se cayó y se levantó muchas veces. Con él corrían hombres, mujeres y niños, desfigurados por el pánico de él y de ellos. Me estoy volviendo loco, pensó Rafael, sin detenerse entre piedras, tierra, fierros retorcidos y ánimas en pena. ¿Dónde estoy?, se preguntaba Rafael queriendo llegar a algún lugar cualquiera. No había nada. Ni banquetas, ni calles, ni semáforos. La siguiente explosión hizo retroceder a Rafael y le sacó el grito que traía atorado en la garganta: ¡ayúdanos Señor! Poco a poco empezaron a brotar las lágrimas, los sollozos, las palabras: Sálganse, aléjense de aquí, gritaba un Rafael ensordecido. Buscó con la mirada a sus hombres y no los vio. Sólo vio un niño con la boca abierta sin poder gritar. Rafael lo tomó en sus brazos y volvió a correr. ¿Hasta dónde había llegado la explosión? ¿Su mujer y sus hijos estarían vivos? Entonces escuchó una palabra: Jefe. Rafael no la relacionó con él, hasta muchos "jefes" después, cuando dos hombres lo subieron a una patrulla. Lo primero que preguntó fue: ¿Ya encontraron al gobernador?

Los hijos de Enrique se bañaban en la alberca de un hotel en Puerto Vallarta, cuando alguien comentó: ¿Ya saben lo que pasó en Guadalajara? Ellos siguieron nadando. La voz comenzó a correr por los pasillos, trepó por las enredaderas y llegó hasta la suite que ocupaba Enrique, haciéndolo saltar de la cama. ¿Por qué no me hablaste?, le gritó a su secretario. Usted me dio órdenes, señor. Qué órdenes ni qué órdenes, dijo Enrique, sin acabar de acostumbrarse a su nuevo rango. Los teléfonos comenzaron a repiquetear y él que apenas podía ponerse en pie. El baño de agua helada no le había servido de gran cosa, ni los Alka Seltzer. Sólo la orden de volver a Guadalajara logró hacerlo reaccionar. Qué perra suerte, apenas entré y ya empiezan los problemas, voy a perderme la jugada, dijo Enrique subiéndose el zíper de los pantalones con la mano derecha y dándole un manotazo con la izquierda, a la derecha de su secretario, quien insistía en ayudarlo. La voz siguió su camino y fue creciendo con otras voces que se le unían al pasar, agregando más detalles. En unos minutos todo el pueblo supo que Enrique estaba asustado.

Guillermo y Jesús regresaron a Guadalajara por separado. Guillermo recibió varios reportes: Las explosiones abarcaban ya ocho kilómetros. Se había ordenado a la ciudadanía que se alejaran de la zona y cerraran los negocios. Se hablaba de muertos, heridos, incendios, y se pedía ayuda. Las calles del centro de la ciudad eran un caos. Ambulancias, patrullas y carros de bomberos ululaban constantemente. La radio y la televisión dieron la noticia y pronto hubo reacciones en el extranjero y en el resto de la república, pidiendo una explicación de lo que estaba sucediendo. ¿Sabotaje?, ¿terrorismo? Yo qué diablos sé, dijo Guillermo. Yo no estaba aquí, para eso hay una autoridad en la ciudad. A mí no se me informó. No obstante, tuvo que acudir a una entrevista en la televisión para declarar sobre lo que no sabía. Guillermo se aseguró de que el estudio estuviera fuera de la zona de peligro. Los maquillistas acudieron a su encuentro mientras en las calles se desbordaba la locura: hombres que reían en lugar de llorar; mujeres que maldecían a Dios; niños que se habían hecho hombres y hombres que se hacían niños en un instante. El reportero preguntó a Guillermo por qué no se habían tomado precauciones para evitar la tragedia. Él contestó que aunque hubieran querido sacar a la gente de sus casas, no se hubieran salido porque "son como niños, si se les dice: no te subas a la barda porque te puedes caer, se suben y se caen, no hacen caso". Guillermo pensaba en sus hijos y en sus nietos. Hasta que no se daban un frentazo, no entendían. Era igual, ¿o no?

En Veracruz, Carlos fue notificado del asunto en el momento en que iba a inaugurar una obra. Inmediatamente pidió más detalles y ordenó una línea directa a Guadalajara. Guillermo había logrado poner a los tapatíos en su contra y, por ende, en contra del partido. Una metida de pata más y firma su renuncia, se dijo Carlos. Hasta la capital llegaban las quejas de los inconformes por la forma de gobernar de Guillermo, especialmente por su nepotismo. Pero lo que más pesaba eran las dos manifestaciones de protesta. La primera realizada por miles de mujeres, contra la violencia, y la segunda por maestros, exigiendo aumento de salarios.

Carlos repasó los tres años que llevaba en el gobierno. El balance era a su favor. Se había quitado de encima varios líderes corruptos, a ministros contrarios y a tres o cuatro gobernadores ineptos. Tenía que sanear el camino para el Tratado de Libre Comercio, y también para su sucesor. México no podía seguir en manos de caciques; de él en adelante quien aspirara a gobernar tendría que ser egresado de una universidad extranjera, no un...

—Señor, está lista la llamada a Guadalajara.

Carlos tomó la bocina, escuchó durante cinco minutos a Guillermo y no le creyó nada. Salgo para allá lo más pronto posible, dijo, colgando el teléfono.

Rosaura salió del baño relajada. En sus veinticinco años de vida nunca se había sentido como entonces. Siempre había estado a la expectativa, temiendo lo peor de los demás y de ella misma. Los golpes de su padre por cualquier causa; los insultos de su madre al menor descuido; las burlas de los vecinos por ser diferente; el abuso de los hombres y la envidia de las mujeres por ser hermosa. La falta de estímulo fue su mayor estímulo para salir de ese mundo. A contracorriente logró terminar la primaria. Cuando ingresó a la secundaria nocturna, para trabajar de día, su padre la llamó puta. Tenía catorce años y era alta y flaca para ejercer el oficio, todavía. A los quince su padre entró en su cama y se dio cuenta de que no lo era. Rosaura lo odió y odió a su madre, a sus hermanos, a todos los que vivían en esa vecindad de la calle de Gante. Y juró vengarse. Estaba dispuesta a vender su uno setenta de estatura, centímetro a centímetro. No tardó en encontrar un cliente y luego otro, con los que fue aprendiendo el arte de atraer a los hombres, a la par que se hacía más mujer. Su meta era cruzar la Calzada Independencia. Mientras más lejos estuviera de la línea divisoria que partía en dos la ciudad, mejor.

Tuvo la suerte de ser admitida en una de las casas más exclusivas de Guadalajara, donde acudían hombres ricos e importantes, y a los veinte años se dio el lujo de elegir a su amante: Jesús, un alto funcionario con un porvenir asegurado y una esposa fea. Rosaura era demasiado astuta para enamorarse gratuitamente, así que exigió a Jesús que pusiera a su nombre un coche, un departamento, una cuenta bancaria, hasta que apareciera un partido superior, como en las telenovelas.

Cada mañana Rosaura hacía una recapitulación de su vida y lanzaba una carcajada. Se había propuesto no llorar jamás y le dio resultado, pensó encendiendo la televisión. En la pantalla apareció Guillermo, seguido de voces de alarma e imágenes confusas. Rosaura dejó de reír y puso atención en las calles abiertas, en las casas derrumbadas, en los gritos de los heridos. El locutor se encontraba en la calle de Gante, donde habían quedado destruidas varias manzanas, entre ellas la de sus padres. Rosaura empezó a reírse más y más, hasta que acabó llorando a carcajadas.

─══ﺤ─

Alejandro salió de la sala de cirugía a las once treinta de la mañana del miércoles 22 de abril de 1992; satisfecho, aunque cansado. Llevaba una bata verde, el cubrebocas bajo la barbilla y el gorro de tela aún puesto. La operación de apendicitis la practicaba regularmente y con habilidad, excepto si se trataba de un niño, como ahora. La idea de que muriera lo angustiaba. Nunca entendería a los pediatras, pensó Alejandro, oyendo la voz del micrófono que repetía: "Se solicita al doctor Alejandro Gómez en la sala de urgencias". Alejandro, te hablan, ¿ya sabes lo que pasó?, le dijo otro de los médicos residentes. Ambos se dirigieron a la sala de urgencias. Las enfermeras entraban y salían en todas direcciones. Las víctimas eran trasladadas a cirugía, terapia intensiva, pediatría, a la morgue y, unos cuantos, a sus casas que ya no existían. Había cuerpos tirados en el suelo, llantos, quejas... Las víctimas continuaban llegando; hombres, mujeres y niños esperaban un dictamen médico para saber si morirían de estallamiento de vísceras, de una hemorragia o de asfixia. Si eso sucedía adentro, ¿cómo sería afuera? Alejandro estaba seguro de que Carmen andaría reporteando sin pensar en el peligro. Carmen, su Carmen. Apenas la tenía consigo, se le escapaba, se le escurría, se iba lejos y él no podía alcanzarla por más que corriera tras ella. Su condición para casarse fue seguir trabajando. Ahora estaría en el lugar exacto de los hechos, sin acordarse de él. Y él ahí metido, sin poder salir a buscarla, pidiéndole a Dios que no fuera ninguna de esas mujeres que iban llegando.

Las paredes de cinco metros de altura, con lo que ocultaban adentro, cayeron encima de Amalia quien no alcanzó a gritarle a Rosa: No te hagas la tonta. Amalia dejó de pensar en su infancia, en sus sobrinos, en sus deudores, y murió con la imagen de la gata de Rosa en las pupilas. El olor de gasolina invadió el aire, pero ya no importaba. Como tampoco importaban los rencores, las tortas de calabaza, los ojos azules o la misa de siete. Lo único importante en esos momentos era Rosa, quien con el estruendo volvió en sí y no vio nada. Estoy debajo de la mesa, se dijo cuando reconoció las patas de madera. Era la misma mesa bajo la cual se escondía de niña. No comprendió que habían pasado los años, ni se asustó porque oía maullar a su gata. Minina, Minina, le gritó. La gata estaba exactamente a tres metros encima de ella. Rosa contó hasta diez como lo hacía cuando jugaban ella y

Amalia. No me encontrará, aseguró Rosa, recordando las pocas ocasiones en que escuchó el: Uno, dos, tres por Rosa, de labios de Amalia. Si quería librarse de ella, Rosa proponía jugar a las escondidas. Por eso la sorprendieron las voces que ordenaban: Busquen ahí, donde la gata escarba debe haber alguien. Rosa esperó sin hacer ruido. "A la mejor se van y gano otra vez", pensó. Cuando removieron la tierra y la sacaron, la gata empezó a ronronear. Un hombre preguntó a Rosa si había alguien más en la casa, para seguir buscando. Entonces Rosa contestó: No, vivía yo sola. Y se fue caminando con su gata en los brazos.

Rafael volvió a reprocharse su debilidad. Había perdido el control no sólo de los acontecimientos, sino de sí mismo. Sintió miedo, miedo a morir. ¿Qué clase de bombero era que salía corriendo por delante de todos? Cobarde, poca madre, se repitió Rafael hasta desahogarse. Regresaría inmediatamente con sus hombres a prestar ayuda. Había que pedir auxilio a otros Estados, a la capital de la república, al ejército. Aquello era demasiado para un equipo como el suyo. ¿De dónde sacaría elementos suficientes y adiestrados para esas contingencias? No, no estaban preparados, no tenían suficientes picos ni palas, pero necesitaban actuar. Haría lo que pudiera mientras le mandaban apoyo, sin pensar en el gobernador, ni en Pemex, ni en nadie que pudiera ser culpable de la falta de recursos. Solamente pensaría en los niños, en aquellos rostros que no conseguía olvidar. En sus veinte años de servicio jamás se presentó una calamidad así, tenían que tomarse decisiones inmediatas, y ojalá no se toparan con lo de siempre: la burocracia, el bloqueo, pues no estaba dispuesto a esperar. Actuaría según su conciencia. En esos momentos al único que tenía que rendir cuentas era a Dios. Si es que no desapareció con la explosión, dijo Rafael elevando los ojos al cielo.

Enrique no sabía aún que sería traicionado, sin embargo, cuando llegó a Guadalajara, sus pasos sonaron huecos al pisar tierra tapatía. Esa tierra que mostraba sus entrañas sin recato alguno por diferentes partes de la ciudad, confirmando la sensación de Enrique, quien recordó la sugerencia de los ingenieros alemanes que construían el tren ligero de hacerlo por arriba, sin abrir las calles, sin obstruir el colector, sin profanar la tierra. Recordó también la advertencia del peligro que se corría al desviar el río de San Juan de Dios por medio de un sifón, insuficiente para evacuar el agua y, sobre todo, los gases. Y por último, recordó el motivo por el cual se decidió hacerlo así, a pesar de las desventajas: por abajo costaba tres tantos más que por arriba. Por lo tanto, se haría subterráneo, sin importar los riesgos ni las molestias. La diferencia por la "tajada" que se llevaría el gobierno era proporcional a la cantidad invertida. Todos sabían que mientras más caro mejor, aunque disminuyera la calidad, con tal de que quedara más impresionante; porque eso sí, el trabajo tenía que verse, y hacer mucho ruido. En medio de sus recuerdos Enrique llegó hasta la presencia de Guillermo, quien lo recibió calmado y lo invitó a escuchar un reporte de lo que estaba sucediendo. Enrique empezaba a comprender cuando Guillermo le preguntó: ¿Tú dónde estabas? En Puerto Vallarta, ¿y tú?, respondió Enrique. Guillermo lo miró un instante como si no lo conociera y luego sonrió. Enrique había visto hacer lo mismo a Guillermo muchas veces antes de condenar a alguien. Carlos ya se enteró y viene para acá, contestó al fin Guillermo.

La culpa comenzó a **tomar forma** a tener nombre. Las evidencias de que los vecinos habían reportado el olor a gasolina desde varios días antes eran contundentes. ¿Por qué no se evitó la tragedia? El único que podía contestar a esta pregunta era Guillermo. Un mes atrás, ante la manifestación de mujeres contra la violencia, Guillermo amenazó con investigar a quienes trataban de desestabilizar su gobierno, mandó hacer auditorías y obligó a los sindicatos a poner desplegados en su apoyo en todos los diarios. Pero eso fue antes. Antes del veintidós de abril, antes de la muerte, antes de la toma de conciencia... Si había caído la estatua de Lenin, si habían derruido el muro de Berlín, ¿no podía caer él? Guillermo llamó a Enrique para darle instrucciones: ¿Confías en mí? Enrique vio frente a él un Guillermo con la quijada tensa, los nudillos de las manos blancos, la mirada evasiva y supo que no tenía nada que responder. Guillermo continuó: Estás aquí por mí, ¿comprendes? Te echarás la culpa para calmar los ánimos mientras se arregla la situación... El despacho de Guillermo no era acogedor, a pesar de las cortinas y los tapetes y los candiles; o quizá precisamente por eso. Enrique desconoció lo que le era familiar hasta ayer, se sintió extranjero, venido a menos, a casi nada; al tiempo que un frío, que no provenía del clima artificial, le congelaba las palabras.

Carlos subió al avión que lo conduciría a Guadalajara sin mirar a nadie. Tanto esfuerzo para ganar la confianza del país y del mundo, para que en un minuto se viniera todo abajo gracias a esa sarta de imbéciles que lo rodeaban. Había perdido las elecciones en una lucha contra el primer líder fuerte de la oposición, lo cual era inaceptable para su partido. Al contar los votos se dijo que el sistema de las computadoras se había caído. No pudo ser más cierto. El sistema se había caído y habría que luchar para levantarlo. Tardaron varios días en dar el resultado: el partido declaró que Carlos había ganado por un pequeñísimo margen. Después de mucho deliberar se acordó que el pueblo no estaba listo para un cambio. Desde entonces Carlos comenzó a realizar una campaña contra los políticos de la vieja guardia. Eran tiempos en que se tenía que obrar con inteligencia si no querían que el partido quedara fuera de la jugada el siguiente sexenio. El sistema político mexicano era obsoleto; económicamente el país estaba en un bache y no era posible quedarse con los brazos cruzados. Aunque él era un producto de ese sistema que no quería desaparecer, tenía que darle de patadas al pesebre. Y si no lo hacía él, lo haría otro, pensaba Carlos, con el ceño demasiado fruncido para su edad. Sabía que en esos momentos los hechos de Guadalajara lo iban a poner en entredicho no sólo en el país, sino en el extranjero. La noticia ya corría como reguero de pólvora. Para calcular las consecuencias a nivel internacional de lo sucedido, necesitaba ver personalmente los daños, no era posible seguir confiando en el viejo mañoso que estaba en el gobierno de Jalisco. Y si quería recuperar la fe de los detractores y no perder la de los partidarios, tendría que actuar enérgicamente contra los culpables sin importar quién cayera, se dijo Carlos, frunciendo la nariz para localizar el origen del penetrante olor a pólvora que llegaba de fuera. Carlos se asomó por la ventanilla del avión y vio cómo, de la zona del desastre, corrían ríos de pólvora hacia el Palacio de Gobierno de Guadalajara. Carlos miró con detenimiento antes de desabrocharse el cuello de la camisa y exclamar: Ya no tengo de qué preocuparme, Guillermo no tarda en arder.

Ramón llegó a la planta de La Nogalera sin haber localizado a Jesús. ¿Dónde andará este cabrón? Él le advirtió del peligro, pero seguro se había ido con la puta esa. Ramón se comunicó a México y enseguida ordenó evacuar la planta. "Méndigos, cómo fueron a permitir semejante desastre", pensó Ramón, lavándose las manos después de orinar. Cuando estaba nervioso padecía vejiga neurogénica, según le dijo su doctor, y tenía que orinar cada cinco minutos. Con lo que tuvo para que su mujer sospechara de él lo peor. Por algo Jesús andaba con ésa. Pero no era para menos, antes no se orinaba también Jesús. "Quién sabe a dónde fueran a parar con esto", se dijo Ramón entrando otra vez al baño. Cuando logró salir, pues antes de subirse el zíper volvía a sentir ganas y empezaba de nuevo, Ramón fue detenido por varios reporteros a quienes declaró que las explosiones habían sido provocadas por una fuga de hexano ya detectada. Se trataba de una aceitera llamada La Central. Sí, el hexano se utilizaba para extraer aceite. Sí, sí, era sumamente explosivo. No, Pemex no entraba en el Tratado de Libre Comercio. ¿Problemas internos? ¿Pérdidas?, no, para nada. ¿Despido de tres mil trabajadores?, respondía Ramón con tono de interrogación, mientras contenía el deseo de orinar. No había de qué preocuparse, Pemex los indemnizaría. ¿Que si iban a cerrar la planta? No sé, no tenemos instrucciones... Ramón consiguió zafarse de los periodistas y subirse al coche. Al llegar a su casa tenía un recado: Jesús había sufrido un ataque cardiaco y estaba en el hospital, en terapia intensiva. Ojalá se muera, exclamó Ramón, tirando el papel a la taza del baño con un largo suspiro. Por poco no llego, dijo al terminar.

Jesús fue trasladado de urgencia a uno de los mejores hospitales de la ciudad. El impacto lo había sacudido como a un carrizo. Adentro de la ambulancia Jesús temblaba recordando las palabras de Rosaura cuando supo dónde trabajaba: "¿Y qué diablos haces ahí? ¿Cómo puede trabajar alguien en un lugar que se llame SIAPA?", le había dicho con una de sus carcajadas. Jesús nunca lo había pensado. En efecto, era un nombre que ni él entendía. "¿Y qué diablos haces ahí?", resonaban las palabras de Rosaura. Jesús oía el tono de su voz, miraba la expresión de su cara y la de él. Sí, qué diablos hago ahí, repetía Jesús. Si le preguntaran cuántas alcantarillas tenía Guadalajara no sabría contestar. Y mucho menos si estaban abiertas o cerradas y, en el primero de los casos, quién las había abierto y por qué; en el segundo... Jesús sintió fibrilaciones en el corazón por no poder responder y por más que aspiraba aire por la boca, no le llegaba a los pulmones. Jadeando, Jesús corría de alcantarilla en alcantarilla por toda la ciudad, tapándolas; pero detrás de él iba Guillermo destapándolas. Al llegar a la última volvían a empezar al revés: Guillermo las tapaba y él las destapaba. El electrocardiógrafo registraba en el papel las idas y vueltas de Jesús. Después de mucho ir y venir, la ambulancia se detuvo a las puertas del hospital, pero Jesús siguió corriendo detrás de Guillermo sin alcanzarlo.

Hacía diez horas que Carmen había concebido a su hijo. Al mismo tiempo Lucía, Lupe y Bertha concibieron en uno de los burdeles del sector Reforma y, al igual que Carmen, lo ignoraban cuando oyeron rugir el piso debajo de ellas. Ese piso en el que Carmen estaba parada ahora, como sobre una piedra viva, tibia y palpitante, que le transmitía su dolor de convertirse en lápida. Aquí era un burdel, dijo alguien persignándose. ¿Un burdel? ¿Y cuál era la diferencia con las otras ruinas? Carmen comparó la palabra burdel con cordel, papel, mantel, cartel, cuartel y decidió que significaban lo mismo: nada. ¿Qué era un burdel? Para unos una casa mala, para otros buena. Con mujeres que amaban, trabajaban y fornicaban igual que ella. Que sufrían, gozaban, vivían. Pero, ¿qué era vivir, sufrir, gozar? Carmen se limpió el sudor y la tierra de la cara y empezó a sollozar. Necesitaba hacerlo. Pasó el micrófono a un compañero y siguió llorando callada, sola. No había comido ni bebido en todo el día, pero no iba a retirarse. Su lugar estaba ahí, donde pudiera inventar palabras con qué comunicar lo incomunicable. No eran suficientes las palabras "muerte, dolor, tragedia", habría que bautizar de nuevo aquéllo que veía y también lo que no se veía, lo que sólo se percibía con el instinto. La gente esperaba información; la zona estaba acordonada por el ejército, nadie podía entrar y todos querían conocer la verdad. Carmen les dijo lo que deseaban saber: que a un lado suyo un pozo se llenó de dolor en unos minutos; que más allá el dolor sepultaba a una pareja tomada de las manos; que era imposible caminar sin meterse en el dolor hasta el cuello. En ese dolor que se estaba estancando. Y terminó diciendo: En este lugar había un mantel blanco, de encaje, como velo de novia; con el que se cubrían las Vestales, diosas del fuego. Ellas mantenían encendido el calor día y noche. Nadie sentía frío al entrar a su ca-

sa, de la que sólo quedó la puerta... Roguemos
por ellas.

A las ocho de la noche del miércoles 22 de abril,
Rosa Orozco fue conducida al albergue de la escue-
la vocacional de la Universidad de Guadalajara,
después de ser atendida por unos socorristas de la
Cruz Roja que la encontraron en lo que fuera la esquina de Gante y Nicolás Bravo. Como Rosa no
presentaba ninguna lesión, fue dada de alta, junto
con su gata, de la que no pudieron desprenderla.
Rosa vestía la misma ropa de la mañana, sólo que,
por debajo de la falda, se asomaba el fondo de po-
pelina, rasgado y manchado de aceite y lodo. Lo
que quedaba de sus medias de popotillo olía a ori-
nes, y traía un zapato nada más. La blusa, en cambio, lucía entera, salvo la manga derecha que se le
desprendió al rescatarla. El pelo, que le llegaba a
la cintura, lo llevaba suelto, enredado y lleno de
tierra, de sol, de histeria. Sin embargo, Rosa se
veía tan bonita como el día en que se hubiera casa-
do, cincuenta años antes. Cuando le preguntaron
su nombre, Rosa, con la gata en los brazos, respondió: Minina. Pero fueron pocos los que se ocupa-
ron de ella. Parada en un rincón, Rosa vio llegar
más mujeres. Unas lloraban; otras buscaban con
los ojos; otras más sólo querían dormir, como
ella, que se quedó dormida de pie, mientras Ama-

lia, con la boca llena de tierra, comenzaba a descomponerse debajo de la calle de Gante.

Rafael no pensó en las causas, sino en los efectos. No pensó en los culpables, sino en las víctimas. Dios mío, ayúdanos, rogaba Rafael cada que se topaba con otro cuerpo despedazado. Sus hombres actuaban como autómatas, levantaban las palas llenas de tierra y las bajaban vacías, para volverlas a levantar, sintiéndose inútiles frente a la multitud de voluntarios que formaban una cadena de brazos, botes y manos, pasándose ayuda unas a otras. De la tierra surgían voces, ayes, estertores que desembocaban en seres humanos atrapados por sorpresa aquella mañana de abril.

Una madre, llevando en su regazo la pierna de un niño, decía acariciándola: Estoy segura de que es de mi hijo, pero a él no lo encuentro, ¿dónde está? Un minibús con veinte pasajeros yacía sepultado bajo metros de escombro; otros habían volado sobre las casas y caído en las azoteas. Rafael pensó en Dios nuevamente, mientras tomaba un balde de las manos de un hombre joven para pasarlo a las de un hombre maduro que le dijo: Soy sacerdote. Rafael sintió que la sangre se le agolpaba en las sienes. A la hora de la hora estamos solos, pensó. Los gobernadores, los obispos, los poderosos, nunca llegan a tiempo. Aquí todos somos iguales, contestó Rafael. Y siguió pasando los baldes de tierra como un voluntario más. Aunque uno no quiera, dijo, no se puede dejar de juzgar.

Enrique sopesó sus palabras antes de pronunciarlas. Una letra de más o de menos podía cambiar su futuro. Calculó lo que perdería de no aceptar la propuesta de Guillermo de echarse la culpa: la vida. Enrique amaba la riqueza y el poder, pero primordialmente amaba la vida y sus placeres, como buen libanés. Además, Guillermo de seguro lo ayudaría. Si acaso lo metieran a la cárcel sería por poco tiempo y a cambio de una buena compensación. Había de presos a presos, a él lo atenderían como en un hotel de lujo. Tenía que corresponder a las atenciones de su padrino. Este asunto iba a pasar igual que otros. Qué no había visto él en este país y las cosas no cambiaban...
Estas y otras consideraciones se hizo Enrique para convencerse de que tenía que aceptar, pero a pesar de ellas Enrique le contestó a Guillermo con una pregunta: ¿Por qué yo? Al terminar de decirlo Enrique se dio cuenta de su torpeza. Había dicho precisamente lo que no debía, demostrando debilidad, lo único que no se perdonaba en ese juego. Enrique ya no escuchó la respuesta de Guillermo porque sus palabras se convirtieron en un eco en su

cabeza: "¿Por qué yo?, ¿por qué yo?, ¿por qué yo?, ¿por qué yo?" Por pendejo, dijo por fin Enrique.

⌐≈◊≈

Guillermo tuvo una reunión privada con sus colaboradores antes de que llegara Carlos. Necesitaban mantenerse unidos y sostener su inocencia a toda costa, era la consigna. Cada uno supo lo que Guillermo quería decir: Cubrirse las espaldas. Si caía uno caerían todos.

Guillermo salió dispuesto a defenderse y se dio cuenta de que realmente tendría que hacerlo cuando llegó a la zona del desastre. Guillermo fingió entereza, pero sintió que el miedo lo desmentía. Estaba en medio de gente que no tenía nada que perder y dispuesta a cambiar las lágrimas por una pistola. Guillermo trató de calmarlos con una voz insegura y una fuerza en la que no creía. Por primera vez se enfrentaba a un pueblo enardecido y no de acarreados. A un pueblo que había olvidado y que era el mismo de la Cristiada, de la Revolución, de la Independencia. Guillermo se encontró viejo, solo y débil, pero continuó dando órdenes que nadie acataba para ocultarlo y porque no sabía hacer otra cosa. De pronto, en cada piedra caída, en cada puño de tierra en que se había convertido la calle, Guillermo vio un ojo inquisidor, una boca deforme, un brazo desarticulado, un dedo acusador. Partes de un todo que le exigían volver a ser uno. Guillermo quiso esquivarlos pero los ojos, los dedos, las bocas, los brazos, brotaban a su paso con más rapidez de la que tenía él para caminar. Entonces Guillermo ordenó a sus guardaespaldas que le abrieran paso a machetazos.

＝≫＝

Carlos descendió del avión a las nueve de la noche y no se detuvo hasta las cuatro de la madrugada en que tocó fondo. El descenso fue primero lento, para hacerse más vertiginoso conforme avanzaba por la zona devastada, acompañado de Guillermo, quien aún temía pisar uno de aquellos ojos o bocas que había ordenado cercenar a machetazos. Carlos descendía por aquel abismo cada vez más profundo, mirando sucesivamente las capas de tierra, gasolina, negligencia, dolor y muerte. La superficie quedaba en lo alto. Tras él, Guillermo iba arrastrando el poco equilibrio que le quedaba. Al tocar fondo, Carlos le preguntó: ¿Quién tuvo la culpa? Guillermo volteó hacia arriba y vio un orificio pequeño como una pupila. "Estoy adentro de un ojo", pensó. ¿Quién tuvo la culpa?, repitió Carlos. Guillermo vio cerrarse el orificio con ellos adentro. "Es el ojo de Dios", pensó de nuevo. Carlos gritó por tercera vez: ¿Quién tuvo la culpa? Y Guillermo, completamente a obscuras respondió: "La

Malinche, ella fue, sáquenme de aquiií..." Dios sintió tanta tristeza por Guadalajara que se puso a llorar, lo que aprovechó Guillermo para escaparse nadando en una lágrima.

Sáquenme de aquiií, gemían los fetos de las mujeres embarazadas que acababan de morir. Fetos de un día, de un mes, de nueve, que oyeron gritar a sus madres cuando las paredes de las que serían sus casas se derrumbaron sepultándolas. A ciegas, en su mundo amniótico, los fetos esperaron inútilmente el flujo de sangre con oxígeno nuevo que los mantenía tibios; o las contracciones que los llevarían a ser ellos. Cuando se sintieron asfixiar dentro de un cuerpo inmóvil, unos se chuparon el dedo, mientras otros, los más rebeldes, patalearon hasta el final queriendo salir. Algunos sufrieron los mismos dolores de sus madres, sin poder llorar ni quejarse. Sólo Ramón oía sus gritos por todas partes: Sáquenme de aquí, al llegar a su casa. Sáquenme de aquí, al sentarse a la mesa. Sáquenme de aquí al contestar el teléfono, al bañarse, al acostarse, al levantarse: Sáquenme de aquiií... "Alguien quiere volverme loco", pensó Ramón, e hizo escarbar en todos los lugares donde escuchaba los gritos en busca del culpable, hasta que, sin poder resistir más, se escarbó los oídos. Entonces fue sacando uno a uno diez fetos del tamaño de un as-

quil, los oprimió con la uña de su dedo pulgar y los
tiró a la basura con una exhalación de alivio.

Alejandro sintió un espasmo seguido de una des-
carga de adrenalina que le aceleró la sangre, al ver
el cuerpo vestido con pantalón rojo y blusa azul y
roja, tendido sobre la mesa de exploraciones. Alejandro se acercó a tomarle el pulso. Sus propias
pulsaciones eran tan intensas que se transmitían a
la mano inerte. Necesitó usar un estetoscopio para
verificar que la mujer que vestía como Carmen,
que era de la edad y complexión de Carmen, y que
tenía la cara destrozada, estaba muerta. Alejandro
miró alrededor en busca de alguien que le dijera
que no era ella. Los médicos y enfermeras pasaban
de un cuerpo a otro, sin detenerse en los muertos
más que para ponerles en las muñecas unas bandas
de plástico con un número. Alejandro se mantuvo
inmóvil, aunque estaba a punto de caer, viendo
pasar a los demás durante una hora. Alejandro
reaccionó hasta que trataron de llevarse el cuerpo
y, con un NO destemplado, lo cubrió con el suyo.
Su dolor había pasado inadvertido entre tantos y
nadie comprendía cuando Alejandro gritaba: Es
Carmen. ¿No saben quién es Carmen? Carmen es
mi mujer, mi esposa, mía nada más. Dos o tres pa-
res de ojos lo miraron brevemente y continuaron
atendiendo a otras víctimas. Una enfermera tomó

la mano de la mujer y le puso el número mil tres. Alejandro lo contempló sin entender. ¿Mil tres? Carmen, lo único que había tenido en la vida, la que llevaba su semen, la que se despidió de él en la mañana con un guiño, ¿era tan sólo un número? Alejandro arrancó la pulsera de plástico y la aventó al suelo, antes de salir a la calle con la bata manchada de sangre.

────✻────

Amalia no pudo gritar su rabia contra Rosa antes de morir. Se la llevó todita embarrada en los calzones. Aquellos calzones de punto comprados en la fábrica Bertha. Aquellos calzones que conocieron sus secretos de soltera y que, por más que los asoleara, eran una mancha en su conciencia que no la dejaba vivir tranquila. Aquellos calzones que se quitaba de niña delante de sus tíos y de vieja delante de sus sobrinos, con el mismo resultado: la erección de aquella lengüita entre sus labios femeninos que la diferenciaba de su hermana. Las escaleras de la casa de Gante fueron testigo de inesperados encuentros entre las faldas arremangadas de la tía y los sobrinos asustados por su propio pudor, que corrían seguidos por las risas de la estricta señorita Orozco. Aquellos calzones que se fueron haciendo viejos junto con ella y acabaron por ser el mejor testimonio de su rabia contenida. Las ratas que habían sobrevivido a la explosión escarbaron en busca de comida hasta que dieron con los calzones de Amalia, llenos de la rabia que su cuerpo ya no pudo retener. La pelambre grisácea de Amalia se confundió con la de los animales que, después de devorar los calzones, siguieron con las entrañas. A las diez de la noche unos rescatistas dieron con una mano. Era la de Amalia Orozco, una de las señoritas. La mano los condujo al brazo y éste al torso. Rescataron el cuerpo de Amalia violado por las ratas. Amalia no pudo gritar porque tenía la boca llena de tierra pero, si hubiera podido, habría gritado de placer.

<hr />

Rafael fue notificado de la muerte de tres de sus hombres, otros estaban desaparecidos. También fue informado de la llegada de Carlos y de la necesidad de "maquillar" la zona. Entrarían los trascavos y se extremaría la vigilancia. ¿Los trascavos?, gritó Rafael por gritar. Sabía que quisiera él o no, entrarían. Como sabía que iban a citarlo a declarar y decidió decir la verdad. No estaba dispuesto a evadirse ni a encubrir a nadie. Él pudo haber sido uno de sus hombres muertos. Él les dio la orden de que se apostaran junto a las alcantarillas en espera de la explosión. Él los mandó a luchar solos contra la especie humana. Ellos eran unos mártires, unos héroes, unos infelices, como lo fue él al principio de su carrera. Sí, él ya había pasado por aquéllo y estuvo en peligro de muerte muchas veces sin que nadie se lo reconociera. En peligro de dejar viuda a su mujer y huérfanos a sus hijos, sin un centavo para vivir. Y le había costado mucho llegar donde estaba, porque no era fácil. La experiencia no contaba, ni tampoco el escalafón. Lo más importante eran las palancas, las amistades. Con lo que a él le chocaba andar de barbero, no lo volvería a hacer por nada del mundo... Pensándolo bien, qué mala suerte la de estos muchachos, dijo Rafael, preparándose para recibir a Carlos. Pero los vamos a enterrar con todos los honores, ya verán.

Los pasos de Enrique sonaron desiguales: nerviosos unos, vacilantes otros, ansiosos los más. Como si tropezaran con surcos invisibles, con grietas; como si pasaran de un piso alfombrado a uno de cemento rugoso, de éste a otro de mármol frío y resbaladizo y de ahí a una cuerda floja. O como si anduviera simultáneamente con botas, con tenis y descalzo. Enrique estaba consciente de cada uno de los dedos de sus pies con sus pelitos, uñas y callos; y de cada polvo que pisaban sus plantas. Por primera vez en su vida se percató de dónde estaba parado y de que todo su peso lo sostenían ese par de pies. Sobre ellos se levantaba su persona, y él que nunca los cuidó, se dijo Enrique ante aquella sensibilidad que le subía de las extremidades, al grado de que se quitó los zapatos y los calcetines por no resistir la presión. Así fue como Enrique detectó de golpe que había estado corriendo sobre una banda fija y que su carrera estaba construida sobre un campo minado por favores, del que era imposible salir ileso. Había caído en la trampa: Los favores se pagan caro y ¿quién no debe alguno? La cadena estaba rota y podía correrse como el hilo de una media, hasta la punta. El pánico se extendía desde la calle de Gante hasta Palacio Municipal, y de ahí a la Plaza de Armas. Podría saltar al zócalo de la ciudad de México si no era detenido a tiempo. Enrique supo que con él iban a caer muchos. Lo presentía con los pies. "Si hubiera sentido esto un mes antes", suspiró Enrique, rascándose un pie con otro.

Carlos subió a la superficie dejando a Guillermo a la orilla del pozo a solas con lo que quedaba de conciencia. "La Malinche", había respondido Guillermo a la pregunta de ¿quién es el culpable? Y Carlos ya no pudo condenarlo, reconoció que era cierto. Bastaba echar una ojeada a la historia de México para darse cuenta de que hemos sido víctimas y victimarios en uno: Hidalgo e Iturbide; Maximiliano y Juárez; Porfirio Díaz y Madero; hasta llegar a él. Y es que somos hijos de la Malinche y de Cortés. Y aunque la Malinche se entregó y gozó y dio hijos al español, también lo odiaba por apestoso y se sentía utilizada y se rebelaba contra su Dios, al que tenía que adorar. Y principalmente se odiaba a sí misma por saber que, a pesar de eso, debía considerarse afortunada por ser la mujer del conquistador, de cuyo seno surgían hijos rubios a los que ella desconocía y amaba, inculcándoles temor y cariño por el padre que era su amo, su esposo, su verdugo, su maestro, su pervertidor, su protector y su cómplice en aquella lucha. Sí, porque para él era una lucha. Ella lo vio llorar recordando su cielo, su sol, sus canciones. Entonces se sintió feliz de haberle dado un poco de consuelo y triste porque comprendió que nunca sería suyo, que ya tenía dueña y que aunque pasaran juntos a la historia, ella, La Malinche, pasaría como la primera puta mexicana. De ahí que todos los mexicanos, sus descendientes, seamos hijos de puta. Es decir, no tenemos madre, porque para que una mujer lo sea necesita que su unión sea bendecida por un cura, y la de La Malinche no lo fue. Así que, qué puede esperarse de nosotros, dijo Carlos, viendo a un hombre que se dirigía hacia él en representación de los damnificados, con una credencial del PRI en el pecho. Carlos leyó en aquellas siglas la palabra impostor y sintió cómo su mano, empujada por cinco siglos de incongruencias, se rebeló contra ellas arrancando de un jalón el símbolo, el óbolo, el émbolo, el óvulo, el vándalo, el lépero, el lábaro, el avaro de la patria...

Jesús fue citado a comparecer ante una corte marcial. Están equivocados, protestaba Jesús, yo no soy militar, escúchenme... Pero el juez, con unos tapones de algodón en los oídos, seguía enumerando los cargos contra Jesús una y otra vez: negligencia, omisión, corrupción, contubernio, demagogia y arterioesclerosis. No, no, gritaba Jesús, acabo de checarme en Houston y mi doctor dijo que estaba perfectamente bien. "Malinchismo", agregó el juez a la lista de cargos. Protesto, señor juez, siguió gritando Jesús; esto es ilegal, anticonstitucional, pediré Amparo. "Reaccionario", volvió a agregar el juez. Por su madrecita santa, señor, hágame caso. "Soborno", indicó el juez en la lista. Creyendo que era una alusión, Jesús metió una mano a su bolsa, mientras con la otra hacía el signo de pesos. El juez puso entonces en la lista: "Faltas a la moral" y enseguida ordenó a un pelotón que estaba junto a él: Fusílenlo. Cuando Jesús oyó gritar: "Preparen, apunten, fueeegoo...", se dio cuenta de que era sometido a un juicio sumarísimo y quiso correr, pero una voz lo detuvo: está fuera de peligro, no es necesario que siga en terapia intensiva, pueden llevarlo a su habitación. Jesús fue recordando paulatinamente la causa por la que se encontraba en aquel lugar y al llegar al momento de las explosiones exclamó: no, en mi cuarto me matan, déjenme aquí, por el amor de Dios.

Alejandro cayó en la noche de cuerpo entero. La obscuridad le tiñó el alma. Su piel, iluminada por las luces rojas de patrullas y ambulancias, adquirió el mismo tono espectral de su mirada.

La memoria de Alejandro estaba detenida en un solo instante, aquél en que vio el cuerpo de Carmen tendido en la plancha sin ninguna explicación. "¿Qué? ¿Cómo? ¿Dónde?", se preguntaba Alejandro, sin poder relacionar lo sucedido en la mañana con lo que le pasaba ahora. Posiblemente él también estaba muerto y no se había dado cuenta. ¿Desde cuándo estaría muerto? Si apenas comenzaba a vivir, todo lo anterior no había sido vida, había sido una broma de Dios. Huérfano a los seis años, tuvo que aceptar la caridad de sus abuelos y crecer entre ancianos achacosos, oyendo toses y ronquidos por las noches; quejas y regaños en el día. Conoció la vida por el final. Supo de arrugas, de canas, de artritis, sin haber tenido contacto con la niñez. Él mismo se sentía viejo hasta que conoció a Carmen, con la que vivió la infancia y la juventud que no tuvo. Carmen sabía ser niña y mujer, novia y hermana, esposa y amante. Alejandro subió a su automóvil y se dirigió a su departamento porque no tenía más a dónde ir. Iba por la avenida Circunvalación cuando encendió el radio y escuchó la voz de Carmen, como todos los días. Y como todos los días, creyó que su Carmen y la Carmen que daba las noticias, no eran la misma. Avanzó varias cuadras y una antes de llegar a su casa reaccionó con un ¿Carmen?, seguido de fuertes palpitaciones que lo obligaron a detener el coche y subir el volumen del radio en el preciso momento en que la voz cesó. Alejandro movió el selector, recorrió el cuadrante, sin encontrar la voz de Carmen. Estaba seguro de haberla oído, tenía que estar ahí, dentro de esa caja. Alejandro empezó a golpear el tablero de su Volkswagen hasta que logró arrancar el aparato. Ahí estaba Carmen y nadie se la iba a quitar, dijo Alejandro, metiendo el radio debajo de su bata verde.

Al llegar al albergue Rosa Orozco recibió el expediente número cuatrocientos veinte, que decía: Sexo femenino. Edad (aproximada), setenta años. Nombre, (no lo recuerda). Domicilio: fue encontrada en la calle de Gante. Ésta debe ser, dijo el hombre que leía, a otro que decía ser sobrino de la señorita Orozco. ¿Cuándo la vio por última vez?, preguntó el primer hombre al segundo. Anoche, contestó éste. Todos los días íbamos a visitarlas mi hermano o yo. ¿Puede darme sus señas particulares? Mire, si me permite pasar podría identificarla inmediatamente, respondió el sobrino. Estamos muy preocupados por mis tías y queremos llevarlas a nuestra casa. El primer hombre condujo al segundo a la sala donde se encontraba Rosa y le pidió que la localizara. Es ésa, la de la gata en los brazos, señaló el sobrino acercándose a Rosa: Tía, qué bueno que estás bien. Ella se quedó mirándolo: ¿Quién era? ¿No era uno de esos ladrones de los que decía su hermana que se cuidara porque querían quitarles la casa? ¿O era aquel niño que la llamaba tía? ¿Cuándo creció?, si apenas ayer le pedía dulces. Amalia, dónde estaba Amalia para que le aconsejara qué hacer. ¿Se escondería? El sobrino se acercó más y ella se retiró asustada. Tía, tía, ¿qué te pasa?, preguntaba él a gritos, a una Rosa incapaz de hablar. El hombre del expediente intervino: ¿Está usted seguro de que es la persona que busca? Claro, ¿verdad tía? Entonces Rosa rompió a llorar y tartamudeó: Va-va-váyase, nnnno lo co-cconozco... Y corrió a esconderse.

Rafael dio órdenes para proceder con diligencia a rescatar a los sobrevivientes antes de que entraran los trascavos, pero la contraorden lo detuvo en seco: No hay sobrevivientes, dijo Guillermo. Ni gobernantes, ni bomberos; Guadalajara no tiene cabeza, gritó Rafael, olvidándose de sus esfuerzos para llegar a ser quien era. Tiene puros méndigos que no se atreven a desobedecer, nada más que conmigo ya no cuenten para sus sinvergüenzadas, búsquense quién los tape, yo renuncio; acabó de decir Rafael. Uno de los soldados que acordonaban la calle lo miró y dijo: Tiene razón, estos cabrones no quieren que nadie entre, pero tampoco que salga. Se hacen pendejos, como no tienen a nadie ahí debajo. Pobres muertos, los van a volver a matar con los trascavos. Más adelante una vieja refutó: Los que están adentro se quieren salir y los que están afuera quieren entrar, pero a ver qué hallan. Hace rato vi a unos ladrones quitándoles las muelas de oro a los cadáveres y saqueando casas; buitres. ¿Me está diciendo mentiroso?, retó el soldado. Sí, y qué...

Rafael no volvió a decir palabra.

"Si hubiera entrado un mes después ¿habría sucedido lo que sucedió?", se preguntaba Enrique mientras se dirigía con su abogado. Necesitaba decidir si escapaba del país. Por lo pronto pediría un amparo. Guillermo no tenía consideraciones, ¿por qué iba a tenerlas él? Aunque era peligroso desafiarlo, muy peligroso. "De haber sabido me quedo donde estaba, ya quisiera ver a cualquiera acabando de entrar de alcalde, no sabe uno ni dónde están las plumas, menos qué hacer en estos casos", se decía Enrique esforzándose por ser objetivo. En este país el cambio de poder es un desmadre. Los que se van arrasan con todo, se llevan hasta el papel del baño y les importa un cuerno terminar su mandato. Y los nuevos, en lo que se enteran de sus funciones, no atinan a nada. Las ciudades se quedan acéfalas cada tres años. Lo que no deja de crecerles nunca es la barriga, pero adentro no tienen más que gasolina, demagogia y corrupción acumuladas en años de gobiernos que las han utilizado como cloacas; por eso explotó Guadalajara, concluyó Enrique, con la certeza de haber sido electo antes de tiempo. ¿Y ahora qué iba a decirles a los que le hicieron un favor a cambio de otro? Casi casi estaría más seguro en la cárcel que a merced de ellos. A lo mejor se entregaba pero, ¿y su familia? No es lo mismo ser hijo del presidente municipal que de un... imbécil, gritó Enrique para que no se le olvidara la lección.

Desde la ventana de su despacho Guillermo veía hundirse su mundo tan inesperadamente como se había derrumbado el de Amalia Orozco. Los muebles crujían, el suelo se rebelaba bajo sus pies y los techos se desmoronaban sobre su cabeza. Las puertas, que antes se abrían a su paso, estaban fuertemente cerradas. Era un prisionero en su propio terreno, tanto o más que los atrapados entre los escombros del Sector Reforma. La vida oculta de Guillermo, que siempre estuvo ahí, detrás del hombre público, brotaba como las aguas negras de las alcantarillas de la calle de Gante, manchando su presente con la pestilencia de sus negocios turbios, de su ineptitud, de su arrogancia. Las explosiones pusieron al descubierto los drenajes de su existencia y él mismo vio flotar lo que quedaba de los ostiones a la Rockefeller y el vino del Rhin que disfrutara con Lena la noche anterior. Ahora cualquiera podía hurgar en su mierda y ver que era semejante a la de los demás y, peor aún, que era igual a la que llevaba dentro de los intestinos, formando parte de su naturaleza. Sí, ahora mismo sentía ganas de cagar porque la mierda ya no le cabía en el cuerpo; y ésta iría a la fosa abierta para que todos vieran que no podía seguir escondiendo la verdad. Cosa que a él le importaba un soberano pito, dijo Guillermo, lanzando un sonoro ruido por el ano.

La historia nos juzgará, se dijo Carlos, sintiéndose incapaz de calcular las consecuencias de sus propios actos. ¿Qué tanto hubo de teatral en su gesto de arrancar la credencial tricolor al infeliz que la portaba? ¿Qué tanto de paternalismo al acudir a Guadalajara a solucionar el problema? ¿Qué tanto de soberbia al creer que su presencia consolaba a las víctimas? ¿Qué tanto de premeditación al saber que el mundo entero estaría pendiente de él? ¿Y qué tanto de responsabilidad al pedir que se hiciera justicia, sabiendo que era imposible? Carlos se midió, había ganado altura desde que entró a la presidencia, ¿podría sostenerla? Ese era su reto. El de la historia, consignar la verdad. La verdad... Su maestro de filosofía le enseñó que no había medias verdades, pero la vida le enseñaba lo contrario. ¿Será que la vida está hecha de frases hechas?, se preguntó Carlos, recordando las declaraciones que hizo esa mañana, al lado de Jacques Cousteau, sobre la protección del ambiente. Su interés era auténtico, pero él no era el dueño de México. Eran el PRI, la CTM, TELEVISA, BANAMEX, y Carlos fue pronunciando siglas y más siglas al tiempo que se empequeñecía. Lo último que dijo antes de caer por el hoyo de un hormiguero fue: PEMEX... Y se quedó dormido despierto.

Las listas de muertos, heridos y personas desaparecidas empezaron a salir en la televisión. Rosaura las leía recordando sus juegos infantiles en el barrio de Analco: "Doña Blanca está cubierta con pilares de oro y plata..." Fue niña por tan poco tiempo, la vida rompió el pilar de su infancia y se la había llevado igual que lo hacía ahora la muerte, llevándose a los papás de unos niños y a los niños de otros papás; a las tías, a las abuelas; que se estaban peinando, que se estaban bañando; que no se despidieron porque no sabían que ya se iban. Y se fueron juntos, sin ponerse de acuerdo, Lola y María; Trini, Chole, Cruz, don Cuco; los Ramírez, que eran tan buenos; los Ocampo, que Dios los perdone; los Macías, los Sánchez. Rosaura se extrañó de no ver su nombre junto al de sus padres en la lista de muertos. Ahí estaba Antonio Sánchez, su padre; Micaela, su madre; Rosario, Teresa, Graciela y Alfonso, sus hermanos. "Nada más faltaba ella", pensó Rosaura lanzando una carcajada. Claro, faltaba ella porque estaba acá, del otro lado de la calzada, donde debía estar, ¿cómo pudo olvidarlo por un segundo? Acá, con los García de Quevedo, los de la Garza, los Riebeling, con los que no se habían ido porque eran ricos. Y Rosaura exclamó: Pobres de los hijos de Sánchez, se los llevó la chingada otra vez. Pero en esta ocasión se le quedó la risa en la garganta y sólo repetía: Doña Blanca está cubierta con pilares de oro y plata...

Mientras la mujer que vestía como ella y era de su misma talla yacía con la cara destrozada y sin ninguna identificación en el hospital militar, Carmen realizaba uno de sus mejores reportajes: La situación estaba bajo control cuando sucedió la tragedia que hizo volar autobuses, pelotas, cuchillos, hijos, madres, mamilas, camas, mesas, ollas, zapatos, jaulas para canarios, ilusiones, odios, libros, imágenes de la virgen de Zapopan y alcaldes. Sólo gobernadores no. La voz de Carmen formaba la opinión pública desde la zona del martirio. Millones de mexicanos estaban pendientes de ella para saber si sus familiares vivían, pero, especialmente, para saber por qué los gobernadores jaliscienses eran invulnerables a las explosiones y no volaban como los demás. ¿En qué lugar quedaría la democracia? Carmen trató de encontrar la respuesta correcta. Podría decir que, en efecto, los gobernadores jaliscienses tenían fuero y no eran afectados por las fuerzas del mal; o bien, que los protegía la CIA o el Espíritu Santo; o que... Carmen recordó sus clases de francés, era la oportunidad de aplicarlas. En francés la misma palabra significa volar y robar; la palabra *voler*. Ahí estaba la solución, en que había dos clases de voladores. Podía pertenecerse a ambas o a una de ellas, de acuerdo a las dos acepciones de la palabra. Las explosiones definieron a cuál pertenecía cada quién, pensó Carmen. Ahora iba a demostrar que el gobernador de Jalisco sí había volado, poniendo en alto el principio de igualdad que establece nuestra constitución.

Después de gritar: ¡Váyase de aquí!, Rosa se volvió a dormir de pie. A las doce de la noche, hora de su medicina, despertó automáticamente. Lo primero que vio fue la sala iluminada como si fuera de día. Luego vio que estaba llena. Llena de mujeres y niños, muchos niños. Y se sintió feliz. Se pondría a jugar a las escondidas con ellos, y a las comiditas, y a los encantados. "Qué bueno que vinieron", pensó Rosa, sin escuchar las voces de las madres, alarmadas unas, otras resignadas. Sin mirar las caras de los niños, desconfiadas y sorprendidas, ni las manos que se aferraban a un juguete roto. Rosa sólo oía risas y veía niños, de diez años, igual que ella; de cinco, pero sobre todo bebés. Qué lindos estaban. Cuando ella fuera grande se casaría para tener muchos bebés y poder arrullarlos y cantarles a la ro-ro niño. Pero, ¿cómo nacían los niños? Le preguntaría a esa señora que amamantaba a uno, a ver si no se enojaba como se enojó su mamá aquella vez: "Cuando seas grande lo sabrás", le dijo. Cuando sea grande, cuando sea grande, "¿y cuándo seré grande?", pensaba Rosa Orozco mirando a una madre amamantar a su hijo muerto, mientras ella jugaba con su gata en el albergue de la Universidad de Guadalajara el último minuto de ese día 22 de abril.

La morgue se había llenado de cadáveres improvisados. Muertos que aún no se acostumbraban a serlo y que esperaban ansiosamente que los identificaran. "Aquí estoy", parecían decir cuando llegaba alguien en busca de un desaparecido. Y más de uno se llevaba un familiar ajeno. Al fin, si no era su madre o su hijo, lo habría sido de otro. Todos somos padres o hijos, qué más da, con tal de tener a quién velar, a quién enterrar, por quién llorar... Ya muertos no hay diferencia, dijo el hombre que se llevó a Amalia porque no encontró a su madre. Amalia sintió cómo le tomaban las manos, le besaban la frente y le decían mamá. Se sintió rodeada de hijos y nietos a los que les dio los nombres que le hubieran gustado para sus propios hijos. Se imaginó acariciándolos, jugando con ellos, cuidándolos... Sintió también las flores que la iban cubriendo y creyó que no estaba muerta. Por primera vez en sus setenta y un años creyó que estaba realmente viva, y no pudriéndose, como estaba.

Rafael recorrió mentalmente la zona del desastre: ¿Dónde carajos estaría la fuga? Se introdujo por uno de los ductos y caminó entre ratas, cucarachas, murciélagos, hasta que el tubo se bifurcó. Rafael no supo si continuar por la derecha o por la izquierda. Al fondo del primer ducto se escuchaba un ruido sordo, mezclado con ayes. Del segundo salía un olor a excremento y gasolina. Rafael, tras mucho dudarlo, optó por el primero. No había avanzado más de cien metros cuando el colector volvió a dividirse, ahora en cuatro. Las cuatro bocas de los cuatro tubos se abrían en cuatro gritos mudos frente a él. Se volvió indeciso, sólo vio obscuridad. Rafael encendió una lámpara que proyectó una sombra sobre la pared redonda que lo envolvía. El agua le llegaba a la cintura e iba subiendo. Rafael divisió el final del tubo. Podría nadar hasta ahí si no fuera por el líquido tan espeso que lo rodeaba, ¿acaso era sangre? Rafael sintió que el aire se agotaba y que no podía retroceder, tenía que seguir hasta dar con la fuga. Cada vez era más pesado abrirse paso entre los brazos y piernas que flotaban en torno suyo. Miles de brazos, de piernas, de cuerpos contó Rafael antes de dar con la fuga, que estaba frente a la Plaza de Armas, entre las calles de Pedro Moreno y Morelos, donde se alzaba el Palacio de Gobierno de Guadalajara. Rafael sintió el impulso de gritar que había encontrado lo que todos buscaban, pero el temor lo detuvo. "El que esté libre de mancha que lance la primera piedra", se dijo Rafael para disculparse por no denunciar lo que veía. Pero luego recordó que: "Tanto peca el que mata la vaca como el que le detiene la pata". Rafael siguió trayendo a su memoria los refranes populares que había oído de niño, dejándose llevar de aquí para allá por sus propias ideas, como un badajo que no se atreve a pegarle a la campana.

Enrique aceptó por fin su culpa: Se había equivocado al nacer. Debió haber nacido por lo menos seis años antes o seis después. ¿Cómo diablos fue a atinarle a la alcaldía cuando las calles estaban a punto de explotar y el mundo andaba de cabeza? Ahora resultaba que el despotismo y el nepotismo estaban pasados de moda, y que los gobernantes eran los servidores del pueblo. Pagarían justos por pecadores, porque los que ya se habían ido ni quién los alcanzara. Enrique se puso a pensar en las palabras terminadas en -ismo que estaban proscritas, como comunismo, y protestó: ¿Pues quién creen que somos los políticos, actores que podemos interpretar cualquier papel?... Ay, otra vez, exclamó Enrique dando un manotazo contra la mesa, eso somos exactamente. Esto y más me merezco por no darme cuenta. "Pero de todos modos, con que hubiera nacido por lo menos tres años antes y en lugar de que me pusieran Enrique me hubieran puesto Gabriel", pensaba Enrique en los últimos minutos de aquel día 22 de abril de 1992, sumido en el pesimismo, que era el único -ismo que le quedaba. Y suspirando agregó: juro que no me volverá a suceder.

Guillermo firmó un cheque y dio instrucciones a su tesorero de depositarlo en una de sus cuentas internacionales. Al entregárselo, Guillermo notó que el cheque estaba manchado de sangre. Se vio las manos: Efectivamente, las tenía llenas de sangre.

¿Con qué me corté?, se preguntó yendo a lavarse. El agua corría roja por el resumidero, pero Guillermo no lograba ver la herida de donde provenía el color. Al secarse, la toalla quedó también manchada. Guillermo no tenía dolor alguno. Se revisó dedo por dedo, chupándoselos como lo hacía de niño cuando se lastimaba; falange por falange; una palma y otra, sin encontrar nada. La sangre seguía manando, sin embargo, Guillermo estaba fuerte y saludable. Sana sana colita de rana, dijo Guillermo, recordando que con esas palabras lo curaban de cualquier cortada cuando vivía en el barrio de la Capilla, pero las palabras no surtieron efecto pues la sangre no se detuvo. "Lo peor será a la hora de hacer el amor y de comer", pensó Guillermo, escondiendo las manos en las bolsas de sus pantalones, igual que lo hacía de niño cuando se robaba un dulce de la tienda de la esquina. Las bolsas pronto quedaron empapadas. Tenía que haber una solución, "para todo la hay, menos para la muerte", decía su abuela, y buscando en la sección amarilla Guillermo leyó: Guantes de látex. Inmediatamente ordenó unos que le ajustaban como su propia piel, con un sistema que reciclaba la sangre convirtiéndola en oro. Ahora sí, exclamó Guillermo. Y tenía razón.

Carlos se recostó en la cama, tiró los zapatos al suelo y les ordenó a sus guardias que lo dejaran dormir en paz. El sistema de seguridad era insoportable: artefactos en las puertas y ventanas para detectar cualquier sonido; contraseñas para hablar por teléfono, claves para entrar. Adentro del cuarto había todo lo necesario para hacer desde una fiesta, hasta una junta internacional de ecologistas, pasando por una intervención quirúrgica, si era necesario. Sastres, entrenadores, masajistas, terapeutas, médicos, consejeros, secretarios, valets y cocineros lo tenían harto con sus cuidados. Se sentía como un bebé en manos de tías solteronas, estirando los brazos en actitud de protesta. Entonces vio que no llegaban ni a la mitad de la cama. Estiró las piernas y sucedió otro tanto. Se dio media vuelta y se encontró al borde del colchón, como ante un abismo. La ropa le quedaba grande y se había hecho pis. Carlos se bajó de un brinco, su cabeza apenas sobresalía de la altura de la cama. Agarrándose a la orilla, Carlos comenzó a caminar alrededor de ella con pasos torpes. Tardó casi media hora en rodear el colchón para alcanzar el otro extremo, donde se encontraba el timbre para llamar a su secretario. Cuando lo consiguió no se atrevió a pedir lo que quería: un biberón con leche. Carlos se asustó al ver entrar a su madre muerta, quien con naturalidad lo levantó del suelo, lo puso en la cama y, quitándole el pantalón, le cambió el pañal. Carlos quiso protestar, pero había olvidado las palabras, sólo balbuceaba con la misma dificultad que gateaba. En ese momento su madre le preguntó: ¿Qué vas a hacer con los culpables de las explosiones? Carlos pataleó, se puso a llorar y finalmente dijo: En setenta y dos horas tiene que resolverse el caso. Carlos despertó con su propio grito. Lo primero que hizo fue mirarse; su estatura era la normal. Luego miró a su alrededor: a lo lejos estaba el escritorio, más allá una silla y, al fondo, casi imperceptible de tan distante, una puerta cerrada. Carlos creyó que seguía soñando. El cuarto era del tamaño de una ciudad y adentro estaba él solo. Completamente solo.

El ambiente estaba sucio. Rosaura lo advirtió en su piel, en sus manos sudorosas, en el olorcillo a almizcle que emanaba de su entrepierna, tan parecido al que olía de niña en su casa. El olor odiado, dijo Rosaura, dirigiéndose al baño. Era la tercera ocasión en ese miércoles 22 de abril, que abría la regadera. Por más lociones y desodorantes que usara, ese día no lograba sentirse limpia. Antes de meterse al agua Rosaura se miró en el espejo de cuerpo entero que cubría la pared. Aquel que reflejara sus encuentros con Jesús, duplicando su lujuria, y que ahora se encontraba empañado. Los ojos de Rosaura trataron en vano de penetrar el vaho espeso, de eclipse lunar, que lo cubría. Detrás estaba su rostro, tenía que estar, como siempre, con sus cabellos hasta el hombro y la sonrisa escéptica. Pero no estaba. Su imagen, vestida con una bata, terminaba en el cuello. Rosaura lanzó una carcajada: "Me decapitaron", pensó, frotándose los ojos que le dolían por el esfuerzo. En la televisión tampoco se había visto junto a sus muertos, ni entre los heridos, ni siquiera entre los desaparecidos. Entonces dijo que no estaba ahí, porque estaba acá. ¿Ahora dónde estaba? Rosaura trató de limpiar con una mano el espejo que amenazaba con empañarse completamente, mientras se desnudaba con la otra. El espejo no se resistiría a su cuerpo, igual que Jesús, se dijo Rosaura desabotonándose la bata. Inmediatamente brotaron sus senos como dos frutos maduros, suspendidos de un talle sinuoso que culminaba en un triángulo obscuro que despedía un tufillo agrio. Fui una estúpida, chilló Rosaura, refiriéndose al descuido de la noche anterior. Una de las principales razones para usar el preservativo era ésa, el olor. Pero, ¿por qué el espejo se empeñaba en ignorar su cara?, insistió Rosaura, frotándolo con la toalla sin resultado: Al acercar sus manos al cristal, a la altura de la cara, aquellas desaparecían. Rosaura probó a cerrar la llave del agua, a abrir la puerta, a golpear el espejo; la cara no se reflejaba por más cerca que estuviera de él. Pierna con pierna, pubis con pubis, senos con senos, Rosaura se abrazaba a su imagen con delirio, a la vez que rompía el cristal. Un orgasmo intenso la recorrió cuando miró por fin su cara en el espejo roto, y su sangre huyendo por sus venas.

Jesús sentía que acababa de nacer. Después del infarto todo era nuevo como al principio de su existencia, incluso sus recuerdos. Pero al salir de terapia intensiva le devolvieron sus viejos recuerdos uno por uno. Jesús fue colocándoselos en la memoria recién recobrada. Conforme lo hacía, iba recuperando los años y desprendiéndose de la inocencia adquirida al perder el conocimiento. Algunos recuerdos lo enorgullecían, otros lo avergonzaban. Entonces Jesús decidió escoger nada más los que le ayudaran a sentirse mejor. Hizo a un lado el de Rosaura para volver al estado virginal. Se sintió tan bien olvidándose de las carcajadas y las exigencias de su amante, que quiso zafarse de todas aquellas evocaciones que lo molestaban. Lo hacía enrollando uno de sus cabellos en su dedo índice y estirándolo de un jalón. A la raíz iba siempre prendido un recuerdo. Jesús llevaba más de cien recuerdos arrancados y aún se sentía malo. Necesitaba sacarse el de Guillermo para despojarse del pecado original y no volver a sentir ninguna culpa, se dijo. Jesús se arrancó el pelo hasta quedarse calvo, pero no pudo quitarse el recuerdo de Guillermo. Lo tenía marcado en la memoria con tinta invisible.

Faltando diez minutos para las doce Ramón y Jesús se miraron y no se dijeron lo que ambos sospechaban, que era lo mismo que sospechaban Enrique, Guillermo y Carlos y que, por lo tanto, tampoco lo dirían aunque las palabras retenidas les quemaran la lengua y las encías. Lo que Ramón sí dijo fue que tenía ganas de orinar y Jesús le hizo la burla. Ramón se aguantó el coraje y las ganas porque Jesús estaba enfermo, pero él también lo estaba y lo único que consiguió fue mojarse los pantalones. Cuando llegó a su casa su mujer ya estaba dormida. "Lo mucho que le preocupo", pensó Ramón, cambiándose de pantalones sin hablar, y también de calzones. Entretanto, las palabras no dichas crecían entre su paladar y sus dientes, asfixiándolo. "O las echo, o me las trago", volvió a pensar Ramón. Pero tuvo miedo de que si las dejaba salir fueran a dar a oídos de su jefe. Las palabras vuelan, decía su madre y éstas podían llevarlo si no a la tumba, a la cárcel, así que prefirió tragárselas con un buche de su propia saliva. Al pasarle por el esófago, las palabras le rasgaron la mucosa y le causaron vómito. Precipitadamente Ramón vació el estómago, como lo había hecho en la mañana, sólo que en esta ocasión todo el vecindario escuchó salir de su boca la pregunta que traía adentro: ¿A lo macho, no fue sabotaje? Y ya nadie pudo dormir.

Ramón bajó la manivela del tanque del excusado y el agua se llevó sus palabras. Primero fue la *A*; luego *lo*; después *macho*; enseguida *no*; más adelante *fue* y por último *sabotaje*, que formando un remolino desapareció por la tubería. Ramón se sintió aliviado. Ya podría seguir siendo un ciudadano honorable, funcionario de una honorable paraestatal, como lo había sido desde que tenía memoria, se dijo, lavándose las manos para dormir tranquilo.

Carmen encontró a Alejandro después que él a ella. Estaba dormido adentro del coche con el radio fuertemente abrazado. Carmen lo llamó primero quedo y luego más fuerte y luego a gritos. Alejandro no contestó. Seguramente quería bromear, pensó Carmen, sacudiendo a su marido por los hombros y besándolo en la boca, como lo besaba en las mañanas. De los labios helados de Alejandro escurrió una babilla viscosa que revivió en Carmen la histeria de las horas anteriores. Alejandro se desplomó en el asiento; no estaba herido, sus ropas estaban enteras. Carmen miró alrededor; las casas estaban completas y las calles no habían explotado, ¿por qué entonces Alejandro no la veía, ni le hablaba? ¿No le importaba ella tanto? Carmen sintió coraje contra Alejandro, su Alejandro, ¿por qué hacía aquello? ¿Y el radio? Si supiera por qué tenía el radio así, como si hubiera sido lo único en el mundo para él. Tonto, tontito, sollozaba Carmen, intentando desprender el aparato de las manos rígidas que la habían acariciado esa mañana y que ahora se negaban a soltar su presa. Si no lo lograba, ya nunca más sería libre, se quedaría para siempre encerrada en esa caja de la que sólo él podía sacarla. Sí, solamente él era capaz de hacerla olvidarse de la locutora, para convertirse en mujer. ¿Mujer?, ¿de quién?, dijo Carmen. Y dejó el radio intacto en las manos de Alejandro, mientras los anuncios luminosos relampagueaban solitarios en las marquesinas de la ciudad.

———

Enrique había construido casas y edificios y no en el aire, sino en tierra firme. Era constructor, no destructor, pensó recordando en lo que dejó de construir por meterse a la política. Si salía de este lío juraba enmendar sus omisiones, se dijo Enrique, mirando su retrato de alcalde de Guadalajara. Por lo menos estaba en la galería e iba a pasar a la historia junto con los demás. Ya en bola ni quien supiera qué hizo cada uno. Enrique contó los que le antecedían y los que le sucederían hasta el año tres mil. Formaban una larga peregrinación que pasaba a través del escudo de la ciudad: Un árbol con un león a cada costado. ¿Qué significaba? Quizá era el árbol de la vida, o el del bien y del mal, o ambos juntos. ¿Y los leones? En el monumento a Minerva hay una inscripción que dice: "Justicia, Sabiduría y Fortaleza custodian a esta leal ciudad". No, eso no quieren decir los leones, más bien podrían simbolizar dos depredadores. Pero, ¿quiénes se atreverían a ser depredadores del árbol de la vida? Los leones del escudo tienen la quijada pronunciada y las cejas abundantes y... Estoy loco, gritó Enrique, enojándose consigo mismo. Y prefirió seguir mirando cómo los alcaldes entraban al árbol pobres y salían ricos. Sólo él se atoró por haber pisado en falso, pensó Enrique, abriendo las piernas para sostenerse mejor.

∞

A las doce de la noche del miércoles 22 de abril de 1992, Guillermo vio venir sobre él una masa blancuzca y gigantesca. ¿Marejadas en Guadalajara?, pensó antes de que le cayera encima. Después del primer momento de azoro, Gullermo miró y palpó aquéllo que lo cubría. Tiene letras, dijo, y es de papel, volvió a decir. Sacando unas tijeras de su bolsillo, Guillermo abrió un agujero por el que asomó la cabeza y observó que estaba dentro de un libro. ¿De qué será?, se preguntaba, cuando fue vapuleado por miles de hojas que, con un rugido de huracán, cayeron sobre él. Al final, unas manos cerraron el libro cuya pasta decía: *Historia de Jalisco*; lo pusieron en una mesa y arriba fueron colocando otros volúmenes de Historia de México, Historia de América, Historia Universal, hasta formar una columna de diez metros de altura. Guillermo, aplastado por el peso de la Historia (materia en la que había reprobado), recordó los jalones de orejas de la señorita Cuquita, su maestra de primaria, cuando él le aseguró que la historia no servía para nada. No seas bruto, le contestó ella, ¿no ves que la historia se repite? Fue lo último que recordó Guillermo al desaparecer entre tomos y tomos de Historia, llenos de historias como la suya, que ya nadie recordaba.

EPÍLOGO

Aunque estábamos en Pascua soplaba un aire de Semana Santa, no sé si atrasado o adelantado. Yo creo que más bien fue esto último, que se vinieron de un jalón no una ni dos, todas las semanas santas de lo que falta de este siglo y del que está por comenzar; con todas las crucifixiones juntas, y todos los Judas y todos los Pilatos. Se nos agolgotó el corazón en un santiamén y ni tiempo tuvimos de hacer empanadas de vigilia. Nunca se habían visto tantas coronas de espinas en Guadalajara, ni tantas dolorosas, ni tantos ladrones buenos y malos; ni tanta gente encuerada en plena calle. Hombres y mujeres, sin que nos diera vergüenza, nos quedamos en pura alma. La ciudad se convirtió en un campo nudista en el que todos andábamos con el espíritu al aire. Hubo muchas sorpresas. Los que parecían tener el corazón grande resultaron unos farsantes, y otros, por los que no dábamos un quinto, nos sorprendieron por su tamaño. Anduvimos, eso sí, con el alma en un hilo. A muchos se les rompió y no volvimos a saber de ellos; se fueron al cielo como papalotes. Pero a pesar de eso no queríamos volver a ponerle corsés al espíritu. Era la primera vez que gritábamos y exigíamos y ayudábamos a nuestras anchas. Pero tampoco nunca se había visto en Guadalajara tanta desesperanza, porque pasaron un día y dos y tres y cuatro, y nuestros muertos no resucitaron. Ni siquiera tantito.

Y apenas era miércoles

SE IMPRIMIÓ EN LOS TALLERES DE
METROPOLITANA DE EDICIONES S.A. DE C.V.
MAÍZ # 33-A
COL. GRANJAS ESMERALDA
MÉXICO, D. F.
SE TIRARON 3 000 EJEMPLARES
Y SOBRANTES PARA REPOSICIÓN

IMPRESO Y HECHO EN MÉXICO
PRINTED AND MADE IN MEXICO